Regina Rennó e Célia Rennó

Quer Ficar Comigo?

ilustrações
Regina Rennó

EDITORA do BRASIL

Dados Internacionais de Catalogação na Publicação (CIP)
(Câmara Brasileira do Livro, SP, Brasil)

Rennó, Regina
Quer ficar comigo? / Regina Rennó, Célia Rennó. — São Paulo: Editora do Brasil, 2008.
Ilustração Regina Rennó.
ISBN 978-85-10-04191-1

1. Literatura infantojuvenil I. Rennó, Célia. II. Título.

08-00360 CDD-028.5

Índices para catálogo sistemático:

1. Literatura infantojuvenil 028.5
2. Literatura juvenil 028.5

Diretora executiva
Maria Lúcia Kerr Cavalcante Queiroz

Superintendente
Frederico Wolfgang Wickert

Gerência editorial	Cibele Mendes Curto Santos
Edição	Felipe Ramos Poletti
Coordenação de artes e editoração	Ricardo Borges
Apoio editorial	Gilsandro Vieira Sales
Revisão	Eduardo Passos, Camila Gutierrez e Edson Nakashima
Diagramação	Janaína Lima
Digitalização e tratamento de imagens	Thiago Rennó
Controle de processos editoriais	Marta Dias Portero

1ª edição / 2ª impressão — 2010
Impresso na Brasilform

EDITORA *do* BRASIL
Rua Conselheiro Nébias, 887 – São Paulo – SP – CEP: 01203-001
Fone: (11) 3226-0211 – Fax: (11) 3222-5583

www.editoradobrasil.com.br

A noite parecia não ter fim. A cada cinco minutos, Luiz Gustavo virava-se na cama. Não achava lugar para as pernas e os braços. Sentia frio nos pés, calçava as meias, cochilava... Mas não adiantava, logo acordava com os pés em chamas. Foi assim a noite inteira.

Quando o despertador tocou às 6 horas da manhã, deu um pulo da cama e voou até o banheiro para arrumar o cabelo com gel. Café tomado, roupa vestida. Tudo pronto. A caminhada até a escola nunca pareceu tão comprida.

Vinte minutos depois, lá estava Luiz Gustavo no portão do colégio.

— Ei, menino, caiu da cama? — perguntou o porteiro da escola.

— É que eu tenho prova hoje.

A prova era só na quinta aula. Na verdade, Luiz Gustavo estava agitado porque iria convidar a Karen para ficar com ele na festa da Ana Lígia, no sábado. Era a primeira vez que faria um convite como esse. Tinha resolvido: não iria mais passar aperto quando alguém lhe perguntasse se ainda era BV.

Eram quase 7 horas quando a escola começou a ficar movimentada. A turma toda estava chegando para mais um dia de aula, Bruna, Dani, Lina, Ana Luisa... Nada da Karen.

"Caraca!!! Será que ela não vem hoje?", Luiz Gustavo pensou, já querendo desistir do convite.

Mas antes que ele pudesse pensar em mais alguma coisa, Karen apontou no portão da escola ao lado de Rafael.

"Ai, meu Deus! Vai ser agora ou nunca!", pensou ele, trêmulo, com o rosto vermelho e as mãos molhadas.

— Oi, Karen.

— Oi, Luiz.

— Estudou para a prova?

— Só um pouquinho. Eu tive que sair com a minha mãe e nem deu muito tempo. — Apressada, se despediu do amigo que lhe acompanhava desde o portão.

— Rafael, tô indo — disse, entrando na sala.

Luiz Gustavo sentiu que perdia a sua chance. A classe estava cheia, dificilmente conseguiria ficar sozinho com ela no intervalo. Mas quem disse que ele aguentaria esperar até lá?

— Karen! — a voz saiu mais alta do que o esperado.

— Oi, Luiz. A aula já está começando.

— Você vai na festa da Ana Lígia?

— Não sei. Acho que não. E você?

— Eu vou.

— Nem tô muito a fim, não.

Pronto. Aquele "nem tô muito a fim" bastou para que Luiz desistisse da ideia de fazer o convite. Entraram na sala e a aula logo começou. Luiz Gustavo não prestou atenção em uma só palavra. Só conseguia pensar em Karen, em fazer o convite... Teria de dar um jeito.

"Quer saber? Vou convidá-la assim mesmo." A primeira aula estava terminando. Luiz olhou para o relógio. Faltava pouco para o sinal. Não podia perder tempo.

— Karen! — a professora ainda nem havia saído da classe e Luiz já estava ao lado da amiga, enquanto ela anotava as últimas lições.

— Oi, Luiz — respondeu sem tirar os olhos do caderno.

— Quer ficar comigo na festa?

Karen arregalou os olhos. Não disse uma palavra por alguns segundos. Não sabia onde colocar as mãos, para onde virar os olhos... A cara de Luiz implorava uma resposta.

— Mas você não está a fim da Bruna? — disse timidamente, um sorriso intrometido apontando na boca.

— Eu não. Quem te falou isso?

— Ela.

— Mentira.

— Vou pensar — Karen respondeu mais aliviada, mas nem por isso menos nervosa. — Amanhã eu te digo.

Na hora da prova, Luiz e Karen não conseguiram se concentrar. Erraram feio muitas questões, algumas fáceis. Um desastre. Aliás, nos últimos meses, Luiz Gustavo não tirou boas notas, o que causou estranheza em seus pais.

Nunca foi preciso mandá-lo estudar, o filho sempre foi um aluno aplicado, que até arranjava tempo para ajudar os amigos que precisavam de reforço. Mas ultimamente sua cabeça parecia estar nas nuvens. Todo mundo percebeu que alguma coisa estava mexendo com ele, mas Luiz preferiu guardar para si os seus pensamentos.

No dia seguinte, os dois se encontraram já dentro da sala. O professor ainda não havia entrado. Luiz não teve tempo de decidir se cumprimentava Karen ou se fingia que não a tinha visto; a tão esperada resposta veio antes de qualquer formalidade:

— Luiz, tudo bem. Eu fico com você.

Sem dizer nenhuma palavra, Luiz virou-se, deixando Karen sozinha em frente à sala. Sentia que todos estavam olhando para ele, que tinham escutado a conversa, ou melhor, a resposta de Karen. Às vezes é mais difícil saber o que fazer quando se ouve um "sim" do que um "não".

Na hora do intervalo, quando toda a turma concentrava-se em frente à lanchonete da escola, o papo não era outro. Todas as amigas de Karen sabiam do combinado.

— Eu acho que ele nunca ficou com ninguém — disse Bruna.

— Ficou, sim. Uma vez ele contou para o Natan que tinha ficado com a Naiara — comentou Dani.

— Ficou nada. A Naiara nunca ficou com ninguém — Lina discordou.

— Sei lá, gente! Só sei que tô morrendo de medo — Karen admitiu às amigas. Ela também nunca tinha ficado com ninguém.

— Medo de quê??? — perguntaram todas ao mesmo tempo.

— Medo de todo mundo ver, de ficarem comentando, de não saber onde colocar a mão...

— Boba, na hora dá tudo certo! — disse Lina, e todas as outras amigas concordaram.

Karen procurou cenas de beijo nas revistas e na TV. Sua preocupação era onde colocar as mãos durante o beijo. Ela não pensava em outra coisa.

Sábado de manhã, Luiz Gustavo começou o seu treinamento. Não queria que Karen percebesse que ele nunca tinha beijado ninguém. Colocou um gelo num pires e tentava pegá-lo com a língua.

— Se eu não conseguir, será que é porque eu não vou saber beijar?

Mais de dez gelos derreteram até que Luiz desistisse da tarefa.

— Seja o que Deus quiser!

Oito horas da noite. Os primeiros carros começam a estacionar na frente do prédio de Ana Lígia. Pais e mães trazendo seus filhos para a festa. Quase toda a turma resolveu ir. Ana Lígia estava fazendo 13 anos e, pela primeira vez, faria uma festa sem nenhum adulto em casa. Foi o presente que ela pediu aos pais.

Com medo de se atrasar, Luiz Gustavo foi um dos primeiros a chegar. Viu alguns amigos, mas Karen não estava lá. "Ainda é cedo", pensou, "logo mais ela aparece".

O tempo demorava a passar. Cada vez que a campainha tocava, a atenção logo se voltava para a porta. Nada de ela chegar. Nervoso, cansado de esperar, foi falar com a Bruna, a voz meio trêmula de ansiedade:

— Oi, Bruna, você sabe da Karen?

— Acho que ela não vem.

Ele sentiu como se um balde de gelo caísse sobre sua cabeça.

— Que droga! Não é possível.

— A mãe dela passou mal e ela disse que não tinha como vir — Bruna justificou.

Luiz Gustavo perdeu o rumo. Sentou-se no sofá da sala, mas não queria mais ficar por ali. Também não queria ir embora, tinha esperança de que Karen ainda aparecesse.

A sala agora estava cheia. Os amigos, timidamente, começavam a balançar o corpo, querendo dançar. Mas sem jeito.

Vendo que Luiz não se levantava do sofá, Bruna foi sentar ao lado do amigo. A festa também parecia não ter a mínima graça para ela. Nada melhor que um bate-papo para passar o tempo. E o assunto não poderia ser outro.

— Luiz, a Karen tá a fim do Antônio. Você tá sabendo?

— Não. Quem foi que te disse?

— Sei lá, tá todo mundo falando. Eu acho que ela não veio para ficar com ele.

— Tudo bem. O que é que eu tenho com isso?

— Nada. Só tô falando. Não precisa ser grosso. Pensei que você ia querer saber.

— Ah, Bruna, qual é? Ela fica com quem ela quiser.

— Eu sei, cara! Foi mal!

Luiz ficou com muita raiva. Nunca pensou que passaria por isso logo no dia em que ia deixar de ser BV. Não podia acreditar no que estava acontecendo.

Percebendo que Luiz estava perdido, Ana Lígia o chamou para conversar.

— E aí, Luiz? Cadê a Karen?

— Ela não vem.

— Mas ela não me falou nada. Tava tudo combinado.

— Sei lá! Vai ver que ela mudou de ideia.

— É, vai ver ela mudou... — Ana Lígia concordou, sem prestar muita atenção no que dizia. Seu pensamento estava em outro lugar. — Luiz, tenho uma coisa pra te falar, a Naiara tá querendo ficar com você.

— A Naiara?!

— É, ela me pediu pra perguntar...

— Onde é que ela está? — perguntou Luiz, antes mesmo que Ana terminasse de falar.

— Lá na varanda.

Luiz Gustavo resolveu, num instante, que aquele seria o seu último dia de BV. Ele não aguentava mais ter de contar a mesma história inventada de que já tinha beijado uma prima quando foi passar férias na casa da tia. E andou apressado para a varanda.

Naiara estava lá, sozinha. Ele não podia vacilar. Sem pensar muito, encostou do lado dela e foi logo dizendo:

— Naiara, quer ficar comigo?

— Quero.

Num instante, os dois se beijaram meio sem jeito. Depois do beijo, nenhuma palavra. Olharam pela varanda, deram um tempo e mais beijo. Foram dois, três, quatro... "Não sabia que era tão fácil!", pensava Luiz, entre um beijo e outro. Qualquer palavra seria dispensável naquele momento.

Quando estavam no quarto beijo, a campainha tocou. Ali da varanda, Luiz e Naiara tinham outras preocupações do que olhar quem estava chegando. Ana Lígia foi abrir a porta. Não estava esperando mais ninguém. Deveria ser o vizinho reclamando do barulho. E, surpresa, recebeu Karen:

— O Luiz disse que você não vinha.

— Por quê?

— Sei lá.

Karen ficou muda no meio da conversa. Ana só entendeu o porquê quando viu os olhos da amiga na direção da varanda. Luiz e Naiara, no quinto beijo da noite, nada perceberam. Na mesma hora, desapontada, Karen saiu sem falar com mais ninguém.

Foi só quando estava se despedindo de Ana Lígia que Luiz ficou sabendo do acontecido:

— Luiz, a Karen esteve aqui — disse Ana Lígia, meio sem graça.

— Quando?

— Foi no meio da festa. Ela nem entrou, foi embora logo que viu você e a Naiara.

— Droga! Mas a Bruna disse que…

Ele não entendeu porque a Bruna tinha falado tudo aquilo. Será que era verdade ou ela estava com outros interesses? Achou melhor deixar quieto, preferindo mais uma vez ficar só com os seus pensamentos.

Durante a semana, Luiz e Karen se olharam apenas de longe, mas ele sentia seu coração bater apressado quando ela surgia no limite dos seus olhos. Antes do banho, em frente ao espelho, ensaiava as palavras que iria usar para pedir a ela uma nova chance. Passava e repassava o texto, mas palavras pareciam pouco para expressar o seu desejo. No silêncio da noite, não tirava Karen da cabeça, imaginando como seria o sabor dos seus beijos.

Numa manhã quente, Karen e Luiz se encontraram frente a frente no corredor da escola. Ela deixou cair um caderno, que ele imediatamente pegou e lhe entregou, olhando firme nos seus olhos.

— Você não acha que hoje está fazendo calor demais, Luiz?

— É, nesse calor cai bem um sorvete. Você topa, Karen?

— Topo.

— Então, às 5 horas, na sorveteria do Jô.

— Combinado.

Ele se arrumou como se fosse a uma festa. Ela não fez diferente. Experimentou várias roupas e passou horas na frente do espelho para conseguir decidir com qual iria. Nada estava bom naquele dia.

Às 5 em ponto eles se encontraram. Em meio ao avermelhado da tarde, ao cheiro de framboesas, chocolates, amoras e abacaxis, o esperado beijo doce de Karen.

QUAL É A SUA?

Para você participar das atividades que se seguem, é importante que as suas respostas e colocações sejam coerentes com o que você realmente pensa e sente.

O mundo à nossa volta está em constante movimento e nós vamos, a cada momento, experimentando sensações e sentimentos que fazem com que a gente se conheça cada vez mais.

Ficar significa: estacionar em algum lugar; situar-se; permanecer... Mas quando Luiz Gustavo convida Karen para ficar na festa, é claro que ele está falando da possibilidade da troca de beijos entre os dois.

Trocar carícias como estas é uma coisa muito agradável, pois carinho nunca é demais na vida de qualquer pessoa.

Como é que você elege alguém com quem deseja ficar?

- Pela aparência do corpo ( )
- Pelo jeito que a pessoa tem de se vestir ( )
- Pela posição social que ele(a) ocupa? ( )
- Pelo gosto musical ( )
- Por afinidade ( )
- Pelo simples prazer de ficar ( )
- Pela popularidade ( )
- Pela opção religiosa ( )

Se você usa outro argumento para escolher, escreva abaixo:

O que é mais importante para você?

- Ficar com muitas pessoas numa mesma festa ( )
- Escolher com calma com quem você gostaria de compartilhar um bom momento ( )
- Aproveitar uma festa sem se preocupar em ter de ficar com alguém ( )
- Conhecer pessoas diferentes e fazer novos amigos ( )
- Mostrar para os outros que você pode ficar com muitas pessoas ( )

Pense e reflita. O que é mais fácil para você: expor a verdade para seus amigos sobre alguma dificuldade ou fingir ser uma coisa que você não é?

Alguma vez você já precisou fingir ou inventar uma história para não ser criticado(a) pelos seus amigos?

- Sim (   )
- Não (   )

Você se considera uma pessoa tímida?

- Sim (   )
- Não (   )

Por quê?

Da mesma forma que escolhe alguém para vivenciar um momento de carinho, você também é escolhido.

Você já recebeu a recusa de alguém?

- Sim (   )
- Não (   )

Se recebeu, como se sentiu?

Você conhece alguém que valoriza mais a quantidade do que a qualidade? Alguém que prefere ficar com muitas pessoas no mesmo dia a eleger uma boa companhia.

- Sim (   )
- Não (   )

Você se importaria de ser só mais uma pessoa na lista dos "ficantes" que valorizam a quantidade, ou prefere ser especial para alguém?

Quais coisas fazem você sentir que é especial para alguém?

O que você acha da atitude de contar para os outros como foi ficar com alguém?

- É normal contar ( )
- É para se exibir ( )
- É indelicado ( )
- É para se autoafirmar ( )
- É para mostrar que tem poder ( )
- Se for para um amigo, não tem problema ( )

Como você se sentiria se ficasse com alguém e a pessoa fizesse muita exposição de como foi?

- Magoado(a) (   )
- Traído(a) (   )
- Irritado(a)(   )
- Indiferente (   )

Se você está a fim de ficar com alguém, mas sabe que esta pessoa está interessada em outra e até já combinou um encontro, como você age?

- Fica na sua e não se intromete (   )
- Inventa alguma coisa para que o encontro dê errado (   )
- Se a outra pessoa for sua amiga, você respeita e não se mete na história, mas se for alguém que você não conhece, nem liga e tenta conseguir seu objetivo (   )
- Tendo uma relação de amizade com a pessoa, você abre o jogo, diz que está a fim e que vai entrar na "concorrência" (   )

Se você marcou um encontro com alguém de quem está gostando e ele(a) não vai ou se atrasa, o que você faz?

- Fica com raiva e procura se envolver com outra pessoa ( )
- Procura conversar para saber o motivo do atraso ou da ausência e tenta entender ( )
- Desiste e não procura mais a pessoa ( )
- Marca outro encontro e não aparece ( )

E se fosse você a pessoa que atrasou ou não compareceu? Você se importaria com o sentimento do outro em relação à sua atitude? Você gostaria de ter uma chance de se explicar ou não?

Se percebe que alguém mentiu para conseguir alguma coisa sua, o que você faz?

- Desmascara essa pessoa na frente de todo mundo ( )
- Procura conversar a sós, pede-lhe que não faça mais isso e lhe dá uma nova chance ( )
- Inventa uma mentira para prejudicá-la também ( )
- Simplesmente vira a cara para a pessoa e não a procura mais ( )

Como você classifica o beijo?

- Uma manifestação de carinho ( )
- Um gesto de intimidade ( )
- Simples como um abraço ( )
- Um jogo divertido ( )
- Uma manifestação de desejo ( )

Escolher alguém para dividir um bom momento, para trocar carícias, é muito bom. Tem gente que gosta de chamar isso de ficar. Outros preferem namorar. Seja como for, tem de ser com responsabilidade com os próprios sentimentos e o próprio corpo e com os sentimentos e o corpo do outro. Por isso, é interessante conhecer algumas consequências da falta de cuidado. As doenças transmitidas pelo beijo ou pela relação sexual estão aí para nos lembrar que é preciso estar atento e cuidar de si e de quem se gosta.

Você sabe o que são métodos contraceptivos?

♀ Sim ( )

♀ Não ( )

Quais métodos contraceptivos você conhece?

- ♀ Camisinha (   )
- ♀ DIU (   )
- ♀ Pílula anticoncepcional (   )
- ♀ Diafragma (   )
- ♀ Tabelinha (   )
- ♀ Gel espermicida (   )

Se há algum que você desconhece, procure pesquisar ou trocar ideias com o seu professor, amigos ou familiares.

A camisinha, além de evitar uma gravidez indesejada, previne contra várias doenças.

Você sabia que existem algumas doenças que podem ser transmitidas pelo beijo? A mais comum é o herpes de boca, uma erupção que só é transmitida quando se manifesta e sempre aparece no mesmo lugar.

Você sabe o que são doenças venéreas?

- ♂ Sim ( )
- ♂ Não ( )

Quais doenças venéreas você conhece?

- ♂ Aids ( )
- ♂ Gonorreia ( )
- ♂ Sífilis ( )
- ♂ Herpes genital ( )
- ♂ HPV ( )
- ♂ Candidíase ( )

Aids (síndrome da imunodeficiência adquirida)

É causada pelo vírus HIV e fragiliza as defesas do organismo, permitindo que uma grande quantidade de doenças se instale. A aids é uma doença sem cura.

Gonorreia

É uma infecção causada pela bactéria *Neisseria gonorrhoeae*, que provoca ardência ao urinar e pode levar à esterilidade.

Sífilis

É uma infecção causada pela bactéria *Treponema pallidum*, que provoca danos graves ao organismo e pode levar à morte.

Herpes genital

Doença causada pelos vírus *herpes simplex* (HSV-1 e HSV-2), caracterizada por pequenas erupções na região da boca e da genitália.

HPV (Papilomavírus humano)

Vírus da família *Papilomaviridae*, pode ocasionar lesões na região genital. É um dos principais causadores de câncer do colo do útero.

Candidíase

É uma irritação genital causada pelo fungo *Candida albicans*, caracterizada por uma forte coceira genital.

Quais são as qualidades que você mais admira no outro?

- A capacidade de ouvir (   )
- A sinceridade (   )
- A beleza (   )
- A capacidade de ser forte diante dos problemas (   )
- A capacidade de pedir ajuda nos momentos difíceis (   )
- A criatividade diante de situações inesperadas (   )
- A força física (   )

Você conhece esse dito popular: "Não faça com o outro aquilo que você não quer que façam com você"?

Escreva abaixo o que pensa sobre isso.

Assinale as coisas que lhe causariam desconforto.

- Não ser ouvido(a) enquanto fala ( )
- Não ser convidado(a) para uma festa onde vários dos seus colegas foram ( )
- Ser ridicularizado(a) ao falar de um sentimento ( )
- Ser motivo de chacota por não ficar com ninguém ( )
- Ser apelidado(a) de forma irônica ( )
- Não ser respeitado(a) em suas escolhas ( )

Se existem outras coisas que fariam você sofrer, escreva-as abaixo.

Sofrer por alguém ou por alguma coisa que te aconteceu não diminui você diante dos outros. Todas as pessoas de todas as idades têm seus limites, suas dores, seus incômodos. É importante não fingir que está tudo bem quando algo te incomoda. E é muito importante buscar ajuda de pessoas de sua confiança para partilhar as coisas que te causam dor e sofrimento.

Você já deve ter ouvido este dito popular: "Olho por olho, dente por dente".

Assinale as alternativas abaixo que são mais coerentes com o seu modo de agir.

- Pago com a mesma moeda o que me fazem de ruim (   )
- Não perdoo uma traição (   )
- Sou uma pessoa capaz de perdoar (   )
- Sou insistente quando quero chamar a atenção de alguém (   )
- Recuo quando percebo que o outro não está a fim de mim (   )
- Quando quero falar alguma coisa para alguém, mando recado (   )
- Jamais mando recado, falo pessoalmente o que penso e desejo (   )
- Conto para os outros tudo o que acontece comigo (   )
- Só exponho meus sentimentos aos amigos verdadeiros (   )
- Jamais falo do que sinto para alguém (   )
- Tenho vergonha de conversar sobre sexo com meus pais (   )
- Aceito um conselho ou orientação de pessoa mais experiente (   )
- Não escuto ninguém, atuo segundo minhas próprias ideias (   )
- Se agi mal com alguém, peço desculpas (   )
- Não sou de me arrepender ou pedir desculpas pelos meus erros (   )

Um amigo ou amiga do mesmo sexo confessa estar a fim de você, só que você não sente atração por pessoas do mesmo sexo. O que você faz?

- Acaba com a amizade na mesma hora ( )
- Expõe sua preferência e mantém a amizade como sempre foi ( )
- Critica o amigo ou amiga e sai contando para os outros ( )
- Ironiza e ridiculariza o amigo ou amiga ( )
- Procura uma pessoa mais velha, de sua confiança e pede conselho de como agir ( )

Cada pessoa é um ser individual, dono de sua própria história. Os gostos, preferências, tendências e habilidades vão contribuindo para traçar o perfil de cada um e as diferenças individuais vão se acentuando.

Todos merecem ser respeitados, amados e incluídos. Não há superioridade maior do que nunca se julgar superior a alguém.

Você conhece esse outro dito popular: "Cada um sabe onde o seu calo aperta"?

Faça uma redação com esse tema.

As autoras

Regina Rennó é artista plástica, autora e ilustradora de literatura infantojuvenil. Desde o primeiro trabalho solo, em 1987, Regina publicou dezenas de títulos, muitos dos quais premiados pela Fundação Nacional do Livro Infantil e Juvenil (FNLIJ). Como ilustradora, teve seu trabalho no livro *Como se fosse gente*, de Alaíde Lisboa, premiado com o Les Octogones, da França, em 1990. Regina participou de inúmeras exposições nacionais e internacionais de ilustração. Sentindo necessidade de dar movimento aos seus personagens, enveredou-se pelo cinema e trabalha como roteirista e diretora.

Célia Rennó é jornalista, formada pela Universidade Federal de Juiz de Fora, em 1990. Desde esse tempo, trabalhou em rádio, na cidade de Campinas, como repórter da sucursal da *Folha de S.Paulo* e das revistas *Mix* e *Revide*, em Ribeirão Preto. Em Itajubá, onde mora, mantém um programa de rádio de entrevistas e trabalha com adolescentes em uma escola, no projeto Criando Focas, em referência aos iniciantes em jornalismo. Depois de 17 anos de carreira em jornalismo, Célia Rennó decidiu enveredar por um outro caminho, o da Psicologia. E, hoje, é aluna do curso. Como jornalista, sempre preferiu os temas ligados ao comportamento humano. Como psicóloga, irá se aprofundar nessa seara para explicar e descrever como as pessoas se comportam.